ARCANA PAMPA

Vigil, Santiago.
   Arcana Pampa / Santiago Vigil; ilustrado por Carlos Montefusco. - 1a ed. -
Buenos Aires: Pasoborgo, 2009.
   118 p.: il. ; 18x12 cm.

   ISBN 978-987-22999-2-7

   1. Narrativa Argentina. I. Montefusco, Carlos, ilus. II. Título
   CDD A863

Queda rigurosamente prohibida, sin la autorización escrita
de los titulares del copyright, bajo las sanciones establecidas
por las leyes, la reproducción total o parcial de esta obra por
cualquier medio o procedimiento, comprendidos la fotocopia y
el tratamiento informático.

© 2009, Santiago Vigil
© 2009, PasoBorgo (de elaleph.com S.R.L.)
© 2009, Ilustraciones de tapa e interior Carlos Montefusco

contacto@elaleph.com
http://www.elaleph.com

Primera edición

ISBN 978-987-22999-2-7

Hecho el depósito que marca la Ley 11.723

SANTIAGO VIGIL

ARCANA PAMPA

ILUSTRACIONES DE CARLOS MONTEFUSCO

Elegir entre la Creación infinita o la nada perpetua,
depende de cada uno. Si con la muerte llegan la nada,
el nunca, el no ser, prefiero vivir con la esperanza
de que el siempre es una locura posible.
El tiempo… ¿desde dónde nos trae?
¿Hacia dónde nos dirige?

CANGREJALES

Entre los vivos di la historia mía:
me asió el ángel de Dios, y el del infierno
"¿Por qué así me despojas?" le decía.

PURGATORIO, CANTO V, 103-105

CONCEPCIÓN ARENAL: UNA costa aislada y rasposa. En el amarillo apagado de cada grano de arena se ocultaban los demonios del calor y la desolación.

Montado en su rosillo, el pobre Nemesio intentaba escapar de la voz de su conciencia. Hacía dos días que había dejado todo: la mujer adorada, el rancho —procurado con tanto esfuerzo— y la sonrisa de sus hijos.

El gaucho encontró la mirada del océano: su fulgor era el de un relámpago que no terminaba de estallar, arrinconándolo contra los inmensos médanos. Pero no estaba allí la paz que Nemesio andaba buscando.

No había razones, se repetía. La gresca, los milicos muertos… Se veía luchando de nuevo, imaginaba que esta vez erraba sus lances, que nada había sucedido. Pero no, aquella tarde no había errado ninguno.

El bigotudo que se acerca por la derecha y… *¡juuuuz!* Adentro, sangre y afuera. Ahora atropella el grandote: mi cuchillo al pescuezo, más sangre. Los tres faltantes dudan, están cayendo muy fácil. Saco las boleadoras y voy: primero a vos, guachito, que me embroncaste. ¡Toma, panzón! Abajo, achuro y afuera. La bronca me distrajo, y me agarran la espalda. El otro, de frente. ¡Te faltan huevos, carajo! La patada lo sienta. Cabezazo al dormido, directo a la nariz. Y ahora sí, dame el facón. ¡Adentro! ¡Qué mirada de zonzo, ni sangre tenés! Y al sentáu, ahí van las bolas silbando —*toc*—, y chau sesera.

—Tanto viaje para esto, rosillo —Nemesio miró al caballo en busca de respuestas—. Tengo seco hasta el ombligo… Ni sudor me ha quedáu —lentamente, se baja del animal, derecho a la suave oleada que marca la orilla—. Un poco de refresco no le hace mal a naides, ¿eh, roso? Vamos a echar un trago y llenar los huesos.

El caballo olfatea el agua, retrocede, resopla y lanza un relincho que a Nemesio le suena a advertencia.

Se arrodilla y llena sus manos de mar. Lo reconforta la frescura del agua empapándole las bombachas.

—¡Ta' más salada que un cuero! ¡Había que ver tanta agua al ñudo!

Otra ola envuelve sus tobillos. El agua muestra un reflejo nítido: él mismo, envejecido y agobiado. Su imagen se retira con la ola, se funde en la espuma.

—Habrá que irse volviendo, che, y la San Ambrosia que lo tiró —su mirada sigue clavada en el mar, hipnotizada. Sin dejar de mirar las olas, se levanta y pone el pie en el estribo, dispuesto a subirse—. Vaaam… —ya en el recado, siente un escalofrío. Mudo, piensa en el facón que lleva en la faja… pero un odio brutal lo neutraliza: un desconocido mantiene al rosillo agarrado del freno. ¿Cómo es que no lo ha visto llegar?

—Soy de confiar, buen hombre —el tipo sonríe con blanca dentadura. Es de aspecto indefinido y luce extraño en ese paraje: ropas limpias, recién afeitado. Sus ojos reflejan un sol difuso hundiéndose en el mar—. Tome, acá tiene un poco de agua.

Él duda, pero la mano se le estira hacia el jarro. El agua le congela la lengua. Al tragar, el frío le quema la garganta hasta escarcharle las tripas.

—Dele tranquilo, tome sin miedo. Hay agua de sobra para usted. Y si quiere, también para el rosillo.

Nemesio recuerda al caballo bajo su monta, tieso ante el control del desconocido.

—Vamos a tener que buscar un lugar para pasar la noche —dice el extraño, y en sus ojos él ve el sol desaparecer entre la inmensidad ocre del mar—. Ya casi se va el sol.

La noche se torna oscura, nubes moradas humean el cielo. Nemesio no logra divisar estrellas, tampoco oye ruidos. Aunque… ahora sí… Pisadas en la arena: el extraño los lleva de tiro por las dunas. Entre aturdido y confiado, él se deja hacer.

—Imagino que, como todo buen gaucho, se ha de llamar Nemesio. ¿O me equivoco?

Nemesio mira sus manos: todavía sostienen el jarro vacío.

Aparecen las primeras matas de pasto entre la arena. Divisa un arbusto. Bajo su refugio, advierte un resplandor naranja. ¿Fuego? Busca las llamas, pero no las encuentra. Sólo hay unas piedras amontonadas, como bergamotas iluminadas por dentro. ¿Serán brasas?, se pregunta, aunque le parece improbable. Al lado del arbusto, la figura de un animal: acaso un caballo, pero más alto y con más cuerpo.

—Abájese nomás, compañero. Acá pasaremos la noche. Si quiere, puede atar al rosillo ahí, bajo el arbusto, donde está mi Loburo.

—¿Loburo dijo?

—Es mi compañero, y así lo llamo: Loburo. Mitad lobuno, mitad oscuro. ¡Ja!

—No le veo la gracia —susurra Nemesio, acercándose con cuidado a la bestia.

De cerca, Loburo intimida: le saca un metro de altura al rosillo, y el enorme cuerpo se asemeja al de un toro. Entre el asombro y el temor que le despierta aquella presencia, él se distrae.

—¡Aaayy!

—¡Ojo que está lleno de espinas! —le previene el extraño, a destiempo—. No le tenga miedo al Loburo, que duerme.

Nemesio se aprieta la mano para contener la poca sangre que comienza a salir. Advierte que el tipo desenvaina su facón. Por suerte, Loburo sigue con los ojos cerrados. El hombre se dispone ahora a carnear un pequeño animal que él no logra distinguir. En plena faena, despelleja a una velocidad asombrosa. Tan rápido, que sólo se ve el filo relampagueando entre la noche.

Nemesio se mira mejor: la espina, la insignificante espina. ¿Por qué esas punzadas tremendas, ese dolor que ya es una mancha roja que empapa su mano? Desde la punta de los dedos le empieza un goteo torturante. Cae de rodillas. ¡La sangre se evapora en el aire antes de llegar al piso! El dolor no: se clava más adentro. Él intenta gritar, pero la cercanía de Loburo sujeta todo impulso.

El extraño aparta vísceras y pone trozos de carne sobre las brasas.

—¿Y, Nemesio? ¿Ya terminó? Mire que se le va a pasar el asado, eh...

—¡Voyyyyy! —se descarga Nemesio. Para su sorpresa, el dolor empieza a aflojarle, el tajo se cierra y cesa la evaporación. Termina de desensillar. Al mirar detenidamente al Loguro, le da la sensación de que las dos orejas que sobresalen en punta son dos cuernos.

Se acerca al calor de las brasas, al tiempo que el hombre le ofrece carne. La toma y come con voracidad. No sabe qué bicho estará comiendo, pero es exquisito. El hambre posterga cualquier pregunta. Cada vez que el gaucho termina, el hombre le tiende más. Nemesio no lo mira, sólo presta atención al trozo de carne en sus manos: corta pausadamente, observando cómo el filo secciona el rojo intenso. Cuando un bocado queda casi suelto, lo apresa con los dientes y lo arranca de un tirón. En mudo diálogo, cada uno sigue en lo suyo: el extraño con las brasas, Nemesio con los pedazos que se van sucediendo hasta terminarse.

—¿Usted no come? —pregunta como por compromiso, avergonzado de su propia voracidad.

—No se preocupe, había comido justo antes de encontrarlo —el hombre se interrumpe y fija su vista en un médano ínfimo, un montículo dorado que tiembla como si estuviera vivo. Pero de repente todo queda quieto, y Nemesio advierte dos pequeños ojos camuflados entre los granos de la arena.

—¡Ajá! Es la vieja serpiente —dice el desconocido, alzando la mano para que Nemesio se cuide de desenvainar su facón, de moverse incluso—. Durante el día se esconde bajo la arena, y sale a cazar cuando cae la noche y los rayos del sol ya no pueden lastimarla.

En un movimiento centelleante la víbora remueve la arena y muestra su grueso cuerpo negro y dorado y desaparece.

—Bueno, es hora de que descansemos, ¿no? Ha sido una larga jornada...

Nemesio, confundido por la desaparición de la serpiente, no le contesta. El extraño improvisa una almohada con pilchas viejas y se acuesta dándole la espalda. La noche es de silencio, de áspero frío, de oscuridad cavernosa. Lo único que Nemesio alcanza a distinguir es la figura tendida, indiferente.

Este loco me trae mala espina, piensa. Piensa y sigue pensando. Piensa que no sería malo

achurar al tipo, que después se mandará a mudar. Piensa que está bien dormidito. Difícil no ha de ser, piensa.

Y espera.

El otro parece dormir.

Nemesio busca al Loguro con la mirada.

¡Está muy quieto, che! Un poco demasiado. Mejor, que aquél se quede mansito.

Saca el facón y se lo calza entre los dientes. Sigiloso, se arrastra hacia su presa. El gaucho es puro silencio… hasta que un ruido —algo demasiado metálico para ser una rama quebrada— lo paraliza y lo deja atento a cualquier reacción de su víctima. La víctima permanece inmóvil, como muerta. Nemesio, despacio, vuelve su vista hacia el arbusto. La oscuridad no le permite divisar bien, aunque no hay sonidos ni movimientos. Tal vez Loguro y el rosillo duerman indiferentes. Un bulto en el suelo le avisa la causa del ruido: pegada a su rodilla, la filosa hoja de un cuchillo sobresale de entre la arena.

¡Así que se olvidó el facón tirado en el piso, paisano! Nemesio recuerda al extraño carneando, el resplandor del acero.

Y recuerda otra vez el entrevero con los milicos. Recuerda la furia, la sangre.

Y recuerda más allá, más atrás: ¿cómo andará su María, los gurises?

Entonces el frío lo golpea como traído de repente por un conjuro, y Nemesio vuelve a concentrarse en la víctima.

¡Parece como que no respirase el muy taimado, ese maula!

Todo está quieto. Menos la helada, que sacude a Nemesio sin piedad.

Tan fácil le parece el convite... ¡Y la puta que hace frío! Algo le dice que el paisano anda más despierto que él.

Nemesio envaina su facón, vuelve sobre sus pasos y se acuesta sobre el recado.

No va a faltar ocasión. Esta noche no tiene que ser. Demasiado fácil. Mañana...

Tapado con un cuero y un poncho, se queda mirando la siniestra nada de aquel lugar. El sueño lo vence, pero de repente la madrugada se despierta con tímidos rayos entre la acuarela de nubes. Nemesio parpadea sus ojos dormidos ante la veracidad del mundo que se le muestra cansino como su levantar: el campo se enchastra de una tonalidad parda, de bota vieja. No se oyen teros ni chajás, sólo el viento bamboleando los tozudos pastos entre los médanos. Un gavilán planea en el frío sobre el solitario paisaje, acaso buscando alguna presa perdida.

—¿Un amargo, Nemesio? —el extraño está sentado junto a las brasas. El cuchillo, el mismo cuchillo con que ha tropezado Nemesio, volvió a su faja.

Nemesio toma el mate, la espuma se absorbe en la yerba y su fuego verde. Se sienta manso frente al hombre, que vigila el calor de la pava.

—Está lindo el amargo… ¿Cómo era su gracia?

—No importa mucho. Me dirá usted, Nemesio: ¿para qué sirven los hombres?

—¿Los hombres? ¿Qué dice usted?

—Que para qué sirven los nombres. Los *nombres*, mi amigo. ¿Para qué sirven, y tan luego en este lugar? ¿Acaso cambiaría algo si ahora me dijera que usted se llama Prudencio? Más importante es conocer el destino que le toca a cada uno. Aunque eso es más difícil de saber, ¿no le parece?

—Hummm…

—¿Se acostó tarde, Nemesio, usted? Porque durmió una barbaridad.

—No me parece que tanto.

—Hace ya un buen rato que amaneció, tuve tiempo hasta de ir a recorrer mientras usted dorm…

—… ¿hace rato? Pero si apenas se ve luz.

—Sí, pero está muy tapado. Hay mucha tormenta dando vuelta. Un día especial parece ser. Si no me equivoco, en cualquier momento se va a caer el cielo.

Nemesio no hace caso de las nubes, fuerza la vista para descubrir en qué lugar se encuentra. A ver si cambió algo, a ver si siguen estando las cosas de la noche anterior. En la penumbra percibe dos fieros ojos negros que se clavan en los suyos. El tal Loguro se distingue ahora un poco mejor: al lado de semejante mole, el rosillo parece un potro recién nacido.

—Había sido grandote el Loguro —inquieto, Nemesio quita la vista del animal—. ¿Y ahí en los cuartos, lleva una marca?

—Claro, la marca de mi posesión.

—Mire usted, marcado y todo el loco.

—Es mansito, no se vaya a creer. Así como lo ve, se deja subir sin riendas ni recado. Y obedece como un cordero.

—¡Como Corderote, diría yo…!

Con un gesto el extraño corta el chiste y se vuelve a mirar el horizonte.

—Me parece —dice, regocijado, señalando hacia unas pajas bravas— que a la pobre se le acabó el escondite.

Nemesio no comprende esas palabras, hasta que el gavilán detiene su planeo y se deja caer como piedra hacia las pajas.

Y así se descubre el drama: una perdiz levanta vuelo aleteando desesperadamente. Entonces el gavilán atina a corregir su caída, le apunta recto. En alocado escape, la pobre casi toca a Nemesio, que se tira al piso para esquivarla y se estremece al ver el miedo en los ojos desorbitados de la presa. El proyectil alado la golpea en un revuelo de polvo y plumas que apaga toda vida.

Nemesio no puede creer lo que ha visto.

—Qué extraño una perdiz por estos lares —dice todavía en el suelo—. ¿Habrá perdido la razón?

El gavilán clava sus púas en el cuerpo desvanecido del ave, levanta vuelo y se aleja en suave aleteo.

—Y cuénteme, Nemesio: ¿qué hace usted por estos pagos tan solitarios?

Él se levanta sacudiéndose el polvo y las plumas.

—Menos averigua Tata Dios y perdona.

—Tiene usted razón. Aunque, no sé por qué, algo me dice que últimamente usted no cree ni en un Dios ni en ese perdón.

—¿Qué importancia le hace? ¿Si no dice usted mismo, que por estos lares nada puede cambiar?

—¡Cualquiera diría que también perdió la esperanza, Nemesio! Aunque en algo tiene usted razón: difícil que cambien las cosas en un lugar tan desamparado como éste. Pero tiene que admitir que, si ayer no lo ayudo, quién sabe si usted está hoy acá. Y si no le doy víveres para seguir, quién sabe si puede llegar a sus pagos. Al fin y al cabo, tan desamparado no está: me tiene a mí, Nemesio.

Nemesio se demora con el mate, busca una respuesta.

—Entre otras cosas —dice, despacio—, quería ver el mar. No conocía…

—Linda experiencia, ¿no? Aunque lo dudo en su caso. ¿A quién se le ocurre hacer tan largo viaje y salir desprovisto de víveres? —el extraño hace una pausa sopesando el humor del gaucho, y agrega en tono cómplice—: Al parecer, usted tiene un inconveniente y le está escapan...

—¡No me chucee los perros, compañero, que se me va a quedar sin jauría! —Nemesio se levanta, enfrenta esa mirada. La ira le va creciendo, hasta que lo una certeza: no atacará, y sabe que el extraño lo sabe. Tanta vergüenza lo incomoda, se aparta pretendiendo irritación.

El hombre permanece sentado.

—Piénselo bien, Nemesio. No es justo que usted cargue faltas ajenas. ¿Quién no ha tenido un tropezón en la vida? Si conoce al tal Cristo, vuestro Señor, sabrá que dijo: "El que esté libre de pecado, que arroje la primera piedra".

Nemesio junta sus pilchas, finge no escuchar.

Pero tal vez tenga razón, el podrido. ¿Por qué cargar con errores ajenos? La culpa, que la aguanten los milicos que me hicieron calentar. No tuve otra que defenderme.

El extraño se incorpora.

—Por último —su tono sigue amable—, déjeme decirle que no escapo a la verdad si digo que, cuando uno defiende su vida, por más que mate, no mata. Defensa propia dice la ley: no hay culpables ni pecadores. Por lo tanto, no hay nada de qué arrepentirse. Usted parece huir de algo que no existe, mi querido Nemesio.

—No sé de qué me habla —contesta el gaucho entrecerrando los ojos y acercándose—. ¡Yo no escapo de nada, ni maté a nadie que no se lo haya merecido! Soy un hombre libre, y por esto mismo me voy a ir yendo —como pensándoselo mejor, después de un instante de duda, extiende su mano para saludar—. Ha sido usted muy amable, paisano, y se le agradece la molestia.

—Es un placer ayudarlo, Nemesio. Ya le di agua al rosillo. Y en esa bolsa que está ahí le dejé lo necesario para que usté pueda volverse a sus pagos. El camino no va a serle fácil.

El extraño responde al apretón, Nemesio siente esa presión de hielo.

—Me parece que eso lo tengo bien clarito —dice, y da por terminado el saludo.

Pero le retienen la mano.

—¡No se confunda, Nemesio! No sé qué cosa o quiénes lo estarán esperando cuando vuelva. Y aunque usted piense lo contrario, poco me interesa. Cuando hablo de peligros, entre otros, lo estoy previniendo de los cangrejales.

Ahora sí le suelta la mano dolorida. Disgustado, el tipo da media vuelta y camina unos pasos. Nemesio queda desarmado, no esperaba esa reacción: nunca pensó que ese hombre podría apadrinarlo.

—Explíquese mejor, entonces.

El extraño se vuelve hacia Nemesio. Su mirada es severa, desafiante.

—En toda esta zona hay mucho cangrejal. Con la lluvia que se viene, se le va a hacer difícil distinguirlos.

—¿Y por qué no me topé con ninguno al venir?

—¿Quién sabe? Un poco de suerte quizás…

—¡Al grano, caracho! No me ande con tanta vuelta, y dígame cómo esquivo esos benditos cangrejales.

—Puede elegir enojarse si quiere, no lo va a llevar muy lejos. Es gracioso, ¿vio?: volvemos al principio. Mire si supiéramos hacia dónde nos lleva el destino... Pero, en este caso, usted no lo sabe.

—...

—Hay dos maneras de salir: la primera es perseguir un animal. Cuando vea uno cualquiera pastando por ahí, atropéllelo. Puede ser una iguana, haciendo alzada, avestruces, cualquier bicho. Naturalmente escapará en sentido contrario al suyo buscando los caminos más seguros que lo lleven fuera de los cangrejales. Si el animal es conocedor, pronto da con la salida. Y si usted no lo pierde de vista, se escapa de este maldito lugar. Así, por el buen sentido de un animal, usté puede volverse tranquilo a sus pagos.

—Muy bien.

—Ahora, ponga mucho cuidado en el animal que va a seguir, ¿eh? Más de una vez se ven osamentas en los cangrejales. ¿Cómo saber si el animal que sigue no lo lleva a la muerte? Muy difícil. De vuelta lo que hablábamos del destino. Si usted juzga conveniente poner su vida en lo que decida un bicharraco, ésta es su mejor opción.

—No parece haber mucho para elegir tampoco —Nemesio está terminando de ensillar—. ¿Y qué hay de la segunda opción?

—La segunda opción… no sé si es mejor, pero…

—¿Cuál es?

—Los cangrejales son lagunas secas, al mismo nivel del piso. No las va a ver hundidas. El barro es bien negro, con agujeritos, como en un hormiguero. Pero la señal más importante de que hay uno cerca, es el rosillo. Va a estar muy nervioso, casi espantado le diría. Y usted no va a saber por qué.

—¡Mierda!

—Cuando eso pase, busque en el suelo. Si ve algún cangrejo, quiere decir que el cangrejal lo está esperando. Vuelva atrás en sus pasos y busque otra salida.

—No parece tan fácil —dijo Nemesio alzando la vista. La penumbra no lo dejaba ver lejos, y siempre el viento soplando con fuerza: sacudía la arena entre los pastos ralos asemejándola a legiones de bichos moviéndose.

El otro volvió a hablar:

—Seguro, fácil no es. Pero, así como le digo, usted elige disponer de su vida por cuenta propia.

—Dice que sólo ha visto animales muertos, pero el hombre también se equivoca. ¿O me va a decir qué nunca vio finados en los cangrejales?

—No le puedo mentir, alguno sí. Pero hay algo que siempre me llamó la atención, y es justo decirlo: salvo a usted, no he visto hombre vivo andar por esta zona…

—¿Y que quería usted? No son muchos los viv… ¡Ay!

El tábano fue a parar al suelo de un revés. A Nemesio lo sorprendió ver cómo se aparecieron un montón de langostas a disputarse la ínfima comida.

—No tienen descanso —dijo el otro con una sonrisa—. Pero en fin, me gusta verle cambiar el humor… No, no vi a nadie con vida por acá. Los huesos que alguna vez encontré tirados, eran de aquella gente que cayó en los cangrejales antes de entrar. Entérese: entraron ya muertos, de lo contrario no hubieran podido salir.

En cambio, usted… ¿No dice usted, acaso, que entró sin problema alguno?

—Y acá me ve —contesta Nemesio. Y piensa: Entrar, salir… ¡Pucha que habla raro el aparcero!

—Imagino entonces: si pudo esquivar sin ayuda alguna los cangrejales, también podrá esquivarlos para salir. Además ahora tiene mis consejos, no le puede errar. Confíe sólo en usted mismo y vaya tranquilo.

Nemesio monta y se queda mirando al extraño.

—Me pica una sola duda —dice—. Si usted sabe cómo salir de este desierto oscuro, ¿por qué no agarra al Loguro ese y se va?

El extraño sonríe, mira la vastedad de nada que los rodea y abre sus brazos.

—Porque en todo este lugar yo soy el único rey. Además, desde el principio elegí no ser esclavo de nadie.

Nemesio hace un gesto de aprobación y vuelve a extenderle la mano.

—Es razonable. Bueno, se agradece de nuevo.

El hombre, con la sonrisa altiva de siempre, responde el saludo.

—Cuantas veces quiera, Nemesio.

Nemesio sube al rosillo y se va al tranco. Pero un grito del tipo lo para en seco:

—¡Ah, me olvidaba una última cosa!

—Diga nomás.

—¡Vaya con cuidado! Le aseguro que esos cangrejales, de benditos no tienen nada.

Nemesio asiente. Se da vuelta, taconea el caballo y se aleja al galope.

El cielo se cierra y oscurece: el mediodía se hace noche.

Armando un cigarro, busca compañía. Habrá pasado poco más de media hora desde que dejó al extraño. No se ven señales del temido cangrejal. El paisaje es monótono, y el rosillo camina tranquilo hacia ese horizonte que, con cada paso, parece correrse rumbo al infinito.

Al final resultó gauchazo el hombre, piensa. Pero me tienta que ha de estar escapando de algo bien fulero, un entripado de los grandotes. Vaya a saber uno… No es mala la idea de no ser esclavo de nadie. Casi que me convence. ¿Quién sabe? ¡El rey Nemesio y su rosillo! ¡Ja!

¡Y qué flete fiero tenía! "Lo subo sin riendas ni recado", dijo el hombre. ¡Cómo un cordero lo subía! Le voy a dar, sí: ¡el corderote ese te voltea al guiñar un ojo, jue' puta!

La llovizna comienza a gotear el campo. Ya no hay más médanos, apenas un sinfín de pastos secos y bajos les abren camino al gaucho y su caballo. Cielo y tierra son uno: se hace difícil distinguir la línea del horizonte, un retrato gris de la indiferencia.

Nemesio cae en la cuenta de que camina sin rumbo. Al paso, busca puntos que lo orienten. Pero nada ayuda a su voluntad. Las nubes parecen clavadas en el cielo. Los pajonales se le suceden en idéntica trama, buscando direcciones imposibles. Tampoco hay animales para seguir, ni huellas ni sendas. El sol es un dudoso recuerdo. La vida misma es un dudoso recuerdo.

Es difícil precisar el tiempo que ha pasado. Nemesio se detiene. Mira el cielo, después palmea el cuello del rosillo. Sin bajarse, desata de la estribera la bolsa que le confió el extraño. Está cerrada. Intenta desatar el nudo, cuando algo le hace alzar los ojos. Lo alarma el susurro

de unos mugidos, acaso el lamento de un animal agonizante. La poca luz no le permite ver
bicho alguno. Tampoco advierte cambios en el
paisaje. Pero, muy dentro de él, una sensación
lejana lo impulsa a dejar la comida para otro
momento y continuar su marcha.

¿Y si me quedo, y mejor espero a ver un
poco más?

La brisa transporta los mugidos multipli-
cando el rumor. Bajo sus piernas, el rosillo ja-
dea. Intenta frenarlo un poco, pero el caballo
sigue. Pensándolo bien, aquel guaso no está
tan lejos. Y si me armo un fuego, enseguida me
encuentra. ¿Y si me agarra dormido? Preferible
no averiguar.

El rosillo camina de costado, resopla con
fuerza y mete repetidamente la cabeza entre
sus manos.

—¡Tranquilooo, roso!

Me parece que hay un cangrejal cerca: el roso
está como un tuto, recaliente. ¿Qué carajo hacer?

La brisa se convirtió en vendaval, los mugidos son miles de quejidos apagados. Nemesio
no distingue nada. Si hubiera un animal si-

quiera pa' seguir, che, al menos me quedaría un escape.

A sus espaldas, está relampagueando. La tormenta no tardará.

—¡Tranquilo, cheee! ¡Como si nunca hubieras visto llover!

El rosillo está incontrolable, no obedece. Los mugidos vuelven con sus lamentos. Atrás, por donde viene la tormenta, un rayo estalla.

Que sea lo que Dios quiera: Nemesio larga las riendas del rosillo y le pega un sonoro rebencazo, que junto a un relámpago lo ensordecen. El rosillo no puede contenerse: se abalanza y sale como loco. Aturdido por el trueno, Nemesio sabe que está jugado: siguen a todo galope por la oscuridad, junto con la tormenta desatada. El suelo es pantanoso, y el rosillo pisa mal y él logra zafar los estribos, y así evita que el caballo lo aplaste en su rodada y sale disparado hasta dar de cara contra la tierra. La lluvia cae gruesa, su furia se ensaña. Él despega la cara del lodazal y echa una mirada buscando al caballo. No lo encuentra. Intenta incorporarse, pero se hunde como en un gran charco, como en un fangal. Le cruza un pensamiento:

¡los cangrejales! Hay un relincho, medio apagado. Los mugidos se fueron. Oye un galope, sin precisar si se acerca o se aleja. Intenta levantar la pierna aprisionada en el barro, pero a cada movimiento se hunde más y más.

—¡Rosoooooooooooooo!

No hay respuesta. Logra alzarse, pero no se puede mover. Se le queman las piernas, una fogata hierve entre el barro.

Y, como muertos que dejan sus tumbas, despuntan de entre el fango los cangrejos.

Son cientos, miles.

Le salen de entre el chiripá, las mangas de la camisa.

Las tenazas del dolor se clavan en su carne. Siguen apareciendo. Como fantasmas voraces trepan su cuello, muerden su barba, sus orejas, todo.

Y entonces Nemesio comprende.

—¡¿Quién me...?! ¡¿Pa' que mierda me escapé, caracho?! Mirá cómo termina el cuento.

Se la jugó, y todo le salió mal. Cierra los ojos. Como en un sueño cree ver a su María sonriéndole, buscándolo, rezando para que vuelva. Ve a los gurises: Nazareno y Olegario, casi hombrecitos ya. Y la florcita de su corazón, la Casiana con su alegría. Recuerda todo y decide regresar, no todo le salió mal.

—No me abandones, Cristo —suplica en voz alta—, que empieza a oscurecer.

La tortura crece impiadosa, miles de aguijones calientes desgarran su piel.

Es el abrazo del dolor.

Y es por fin y después el abrazo de la paz.

TRANQUEANDO AL ABISMO

ACODADO EN LA reja de la pulpería, Jacinto Suárez echó al buche otro trago. Olfateaba una traición.

Los gauchos curaban sus vicios en medio del humo y los gritos: carteando unos, arengando los picotazos de una riña otros. Suárez había matado mucho, y aquel lugar tan colmado lo disponía a la sospecha. Un petiso morrudo que le escondía la jeta había llamado su atención. El pedo no sería estorbo en caso de una pelea: a varios había dijunteado Jacinto en situaciones más piores. Pero el petiso se le arrimaba sin dejarse examinar.

Jacinto Suárez llenó el vaso de caña y lo vació, y pasó lo que suponía: el sospechoso se dejó de mostrar. Él tocó su facón cruzado a la espalda, empujó a un viejo que lo estorbaba. Advirtió un cosquilleo: algo andaba mal, sentía la mano pesada. Se restregó los dedos, y los dedos parecieron mojados. Alzó su mano y la vio toda manchada de sangre, su propia sangre.

—¡Jacinto Suárez!

La pulpería se acalló, y el petiso se le paró enfrente.

¿Sosa? ¿Aquel maldito que le gritaba a un metro de distancia era Sosa? ¿Cómo podía ser?

—Sí, Suárez, soy yo —dijo el petiso—. Sosa. Y vine pa' cobrarme las que me debés.

Pero si a Sosa lo había matado hacía tiempo… ¡Él mismo lo había matado! ¿Qué hacía ahí, entonces?

La vista se le fue nublando a Suárez. ¿Qué pasaba? Y Sosa riéndose a carcajadas peló el facón. Suárez quiso resistir aquel ataque, pero sus manos no lo obedecieron. Sosa le martilló el pecho a cuchillazos. Y, al verse así ensangrentado, él supo cómo vendría su muerte: una cosa horrible lo despedía hacia una nada infinita. Las sombras lo anegaron.

Como espantando la molestia de un tábano, el caballo sacudió el lomo. Jacinto Suárez se despertó temblando, sobresaltado de que su muerte fuera cierta. A nada temía. Pero a la muerte...

Un cielo estrellado le refrescó la cara. Prendió un cigarro: le estaba costando distinguir la vigilia del sueño. ¿Por qué carajo aquellos muertos no dejaban de atormentarlo ni cuando andaba despierto? ¿No alcanzaba con haberlos matado hacía rato?

Jacinto Suárez cruzaba la noche de la pampa sin más compañía que su caballo y un cigarro.

¿Quién diría que justo él rumbeara pa´ lo de la curandera? Decían que esa vieja hablaba con los muertos, que curaba cualquier mal. Era de cuidado la bruja. Pero allá iba Jacinto, no quedaba otra.

Si mal no le habían indicado, la luz aquella, apenas perceptible en la desolada oscuridad del campo, sería lo de la curandera.

Jacinto se aproximó lentamente, al tranquito. Una luna tuerta lo acompañaba como la admonición de algo. Los perros lo ventearon: sus ladridos pondrían en aviso a la vieja. Llegó hasta la puerta del rancho. La sarta de alcahuetes lo recibió.

—¡Ave María purísima! —dijo, y esperó sentado.

Los perros torearon más fuerte, y la bruja se les unió carraspeando las blasfemias de algún hechizo. A Jacinto lo devoraba la sed. Mal momento para tener sed. Divisó un pozo apenas apartado, pero no: quizá la vieja tendría agua. Pensándolo bien, ni loco tomaría nada que le ofreciera aquella bruja. Tomaría después cuando todo hubiese acabado.

Taloneó al moro, y casi con la cabeza del animal asomando por la puerta volvió a gritar:

—¡Ave María purísima!

El chillido que le contestó daba para acobardarse:

—¡¿Te pensá q' toy sorda, Suárez?! ¡Quedate ahí quietito! ¡Ando terminando un encargo, carajo!

Los primeros en callar fueron los perros: temblorosos y gachos, fueron a acurrucarse en los rincones de la noche. Jacinto ató el caballo en algo parecido a un palenque. ¿Por qué la vieja sabía su nombre? Unos sapos que se amontonaban a la luz de la puerta se esparcieron a su paso. En eso salió aquella, apurada, y agarró uno y lo despanzurró con la uña del pulgar.

—Ahora sí, Jacinto Suárez, adentrate nomás —le dijo sin prestarle atención—, ya pensé que no aparecerías.

Adentro se veía poco. Por la hediondez, Jacinto no dudó de que la vieja cagaba y meaba allí mismo.

Ella metía cosas en una olla al fuego, y sin preámbulos se largó a explicar:

—Ya sé que venís porque te preocupan los muertos, Suárez —la bruja revolvía—. Cada vez que alguien muere, el ánima se libera del cuerpo. Si aquel espíritu perteneció a un hombre malo, enseguida se topa con el Mandinga, que lo reclama pa' los infiernos.

Interesado y sorprendido, Jacinto prendió otro cigarro.

—¿Y a vos —preguntó la vieja—, te dan miedo los muertos o… la muerte?

Ya empezamos mal con la bruja esta, pensó Jacinto, y ocultando su estremecimiento dijo:

—¿La muerte?

—Sí, la muerte: no hay tiempo que no se acabe, ni lazo que no se corte. Todos vamos a terminar en el hoyo, ¿o no?

Jacinto se encogió de hombros.

—Ah —dijo la vieja dejando de revolver—, se me olvidaba alguito: a tus muertos el Mandinga los deja joder un rato a cambio de una última maldad... y jode al que tiene más a mano, ¿entendés? —le tendió la cuchara de madera—. Sostené —agarró unos yuyos y los refregó entre sus manos, cerró los ojos mientras aspiraba con fuerza aquel olor. En voz baja dijo—: Sólo entran en aquellos con el alma oscura. ¿Ya adivinaste cómo fue, Suárez?

Jacinto miró la cuchara y la dejó, algo barruntaba. La vieja siguió con el mismo tono:

—Los espíritus me preguntan por vos: Suárez, me gritan. Suárez, Jacinto Suárez. Desde que llegaste esta noche, cuando dudabas en ir a tomar agua del pozo, desde entonces me repiten tu nombre. Ahora mismo me lo gritan.

—¿Ah, sí? —dijo Jacinto burlándose—. ¿Gritándote ahora? ¿Y por qué carajo no los oigo, eh?

—Sí los oíste. No me lo decís, pero lo sé: los oís a cada rato. Hay otros lados además de los que ven tus ojos, Suárez. Algo así como otras pampas.

—¡Y dale con el bolaceo, bruja!

La vieja salió del trance:

—¿Y pa' qué me venís a ver, entonces?

Hasta al más pintado asustaba la cara enojada de aquella vieja. Y además tenía la razón: había ido para contarle.

—No me puedo estar tranquilo. Me siguen hasta cuando duermo.

—¿Te siguen?

—Los muertos, cada uno de los taimados que limpié. A veces no me confío si ando soñando o despierto.

—Ya te dije, existen otros pagos —la vieja se le pegó—. Te puedo ayudar, conozco a uno que puede voltear el gusano de tus penurias. Vive en un lugar que está cerca y lejos, dependerá de vos.

Al parecer, la vieja tomó el silencio de Suárez como un sí. Volvió a hablar:

—Con el viaje no hay problema, aunque vas a precisar de coraje.

—Con eso ando sobrado —contestó Jacinto.

—Mirá que estoy hablando de poner en juego tu vida.

Jacinto volvió a pitar, la muerte parecía rondarlo desde hacía rato. ¿Por qué iría a morir esta vez?

—Si se refiere a un entrevero, no conozco todavía al que me pise el poncho.

—Lo del entrevero dependerá de vos. Yo te pregunté si estás dispuesto a morir.

Y dale con lo mismo. ¿Se habría pensado esa bruja que los muertos se irían conversando?

—Traeme a ese conocido, vieja. O decime dónde lo encuentro, que le voy a sacar los muertos a él.

—Sabé que si hay entrevero —contestó la otra con firmeza—, vos terminás muerto. Y si no hay, también.

—No me habrás visto pelear, vieja bocona.

Ella metió un jarrito en la olla haciendo ademán de tomar.

—Cómo vos digas, Suárez. ¿Querés que te quite tus muertos, o no?

—Claro que sí —Suárez se acercó sonriendo, el miedo se le había ido. ¿Por qué no matar también a aquella vieja charlatana?—. Mándeme a quien sea…

No terminó la oración, que la vieja le tiró el jarro rotoso.

—¡Ahhh!

El menjunje lo castigó en la cara. Jacinto apenas si se cubrió, y le cayó una segunda tanda, y la vieja se le fue encima gritando:

—¡Quedate quieto, Suárez! —la bruja lo había desarmado, interpuso una mesa—. ¡Quedate quieto si querés salvar tu pellejo!

Jacinto quiso abrir los ojos, contestarle, hacerle frente. Pero sintió que se le aflojaban las patas y que caía.

Se despertó con el rayo de sol en la cara. Abombado, la cabeza como un zapallo, las coyunturas duras.

Enseguida se acordó de la vieja:

—¡Vieja loca! Espero que no me haya engualichado.

¿Dónde estaría? Cerca se veía un boliche. Llevó la mano a la espalda: tocó el facón y lo desenvainó para asegurarse. Se levantó, sacudiéndose el polvo de la ropa. Dio unos pasos y oyó un silbido para el lado del boliche.

A nadie se veía.

Suárez despabiló el paso y entró.

Tardó unos segundos, acostumbró la vista a la sombra del cuarto. Acurrucado en una esquina, un moreno le entraba con entusiasmo a una botella de caña.

—Buenas tardes —le dijo Jacinto al hombre, que contestó levantando las cejas—. ¿Nadie atiende en este boliche?

—Qué yo sepa… —dijo el Negro—. Hoy a la mañana una linda china servía, pero aura…

—¿¡Una china!? —se embaló Jacinto—. Mira, vos. ¡Eh, China! ¡Venite, que acá hay uno con el pico seco!

—Y tiene pinta de desgraciado —agregó a los gritos el Negro desde su rincón—. Pero servile igual —y se zambulló en su botella.

Suárez no hizo caso.

Entre trago y trago, el moreno tarareaba algo o murmuraba.

—Y —dijo Suárez—, si no va a venir... —y pasó la mano entre las rejas agarrando un vinacho.

La botella: vacía. Fue a una puerta al lado de un mostrador y golpeó.

Un rezongo salió del Moreno:

—Dejala tranquila, jetón. Acá la hembra tiene a su macho.

Suárez no aguantó la risa: si aquél era toda la competencia que iba a encontrar, la partida ya estaba ganada.

—Me hacés acordar a un tero flaco y renegrido —le dijo al Negro—. Que cuando uno se acercaba, metía barullo subiendo el copete. Y a mí me daba la intriga: si gritaba para que se le suba el copete, o si copeteaba de trompeta nomás. ¿Y sabés que hice? —dijo mirándolo fijo al Negro, que no contestó—. Le bajé el copete de un planazo, y el pobre tero ya no gritó más. Había sido un pobre tero trompeta.

El Negro se rió con ganas, quizá para sacudirse el pedo. Volvió a darle otro trago a la botella hasta que no quedó una gota.

Suárez se volvió hacia la puerta, intentó abrirla: trancada.

—¿Qué te pasa? —lo increpó el Negro con un tono jodido.

Suárez no le hizo caso, ya tendría tiempo después de que encontrara a la China. Volvió a empujar la puerta, sin suerte.

—A vos te hablo, gaucho deshilachado —insistió el Moreno—. ¿Acaso no te enseñaron a contestar?

A esta altura, la ilusión de estar con una mujer se le había subido a Suárez a la cabeza.

En eso oyó ruido a vidrios: ¿el moreno habría roto la botella? Jacinto giró y lo vio empuñándola listo para cortar.

Suárez se puso a distancia. El morocho pintaba fiero, y parado se dejaba ver mucho más grandote.

—Ahhh —dijo partiendo otra vez la botella contra una silla: los vidrios castigaron la cara de Jacinto—, miralo al cuis aplastado aprendiendo a escuchar.

Por un momento la China quedó en el olvido, Suárez sacó su facón y lo mostró como advertencia final. El gavilán en S resplandeció en la penumbra del boliche.

—A que te voy a achurar.

—¿Tanta fe te tenés? —dijo el moreno, y bajó la mano y la botella—. ¿También a mano limpia?

—¿A mano limpia? —aquel extraño reclamo hizo sonreír a Suárez—. ¿Por qué no? Como a los pollos: primero te parto el cogote y después te despanzurro.

—Si así lo decís —respondió el moreno, y se le vino.

Suárez amagó evitando el cuerpazo, el otro alcanzó igual a manotearlo. Cayeron con el Moreno en ventaja.

—¡Achalay, Negro, que habías sido fiero! —gritó Suárez.

Las manos del Moreno le apretaron el cuello y se cerraron como un lazo.

Ahogado y tan rápidamente derrotado, Suárez supuso su fin. Acaso la muerte no sería tan fulera. Casi sin voz dijo:

—Acabá lo que empezaste, Negro.

Las manos del Negro aflojaron. El Negro se levantó y agarró del mostrador un facón de hoja imponente. Como iniciando un rito que consumaría lo implorado por Suárez.

—Me alegro que aceptés tu muerte. Ahora sí estás listo para mi lanza.

Al verlo aproximarse con la prestancia de un dotor, Jacinto pensaba en qué había sido del Negro borracho de hacía un ratito.

Pero fue verlo armado y rebelarse. Aquel facón en la mano del Negro le encendió algo dentro.

—Así te quería ver —dijo Jacinto agarrando él también su cuchillo—. Vamos a pelear como se debe.

Un gesto de descontento tensó la cara del Negro.

—No te engañes, Suárez: de una o de otra manera te tengo que atravesar.

Suárez se abalanzó de sorpresa y le tajeó la mejilla.

—Si te descuidás, yo te atravieso primero, Negro bocón.

La sangre no sobresaltó al Negro, que armó la guardia.

Se amagaron, Jacinto se movía más ligero. El Negro lucía más fuerte. Con el segundo lance a fondo, Suárez lo volvió a cortar, esta vez en el hombro.

—Ay, Negrito, sos puro facón —dijo Suárez, y se arrojó en un ataque mortal.

El Negro no se defendió. Como acatando una señal escondida, su facón se lanzó desde su mano apabullando el aire, el arma y la embestida de Jacinto que, todavía aturdido, lo descubrió clavado en su pecho. La sangre ya le manchaba la camisa.

El Negro ni se inmutó, se dispuso a ejecutar su función de verdugo.

—No te traspasó el corazón aún. Necesito tu consentimiento para...

—¡Un Negro cualquiera! —lo interrumpió Jacinto, dolorido más por su orgullo que por la herida—. ¡Vengo a perder con un Negro cualquiera!

—Longinos es mi nombre. Y viniste acá sabiendo de tu muerte.

—¿Mi muerte? —Jacinto se acordó de la vieja.

—Aunque parezca extraño —dijo el Negro—, para que puedas vivir, no te queda otra que morir. No te queda otra más que la lanza de Longinos.

—Yo no vine a nada. ¡Fui a que una vieja me cure, una vieja charlatana que habló muchas zonceras pero a tu lanza ni la nombró!

—No es por ser mía que salva. El facón que tenés en el pecho se hizo con la lanza que traspasó el Corazón del único Justo. Aquella injuria fue tan grande, aquella sangre tan pura, que desde entonces recibió desde lo alto el poder de salvar, compensándola así por el uso maldito al que ha sido sometida.

—¡Tenés más letra que payador!

Hubo un silencio. Jacinto miró la herida y al Negro aproximándose a terminar su trabajo. Y oyó que le decía:

—Adiós, Suárez, elegís la muerte que libera. No tengas miedo: la oscuridad será breve, después encontrarás la paz eterna.

Jacinto Suárez detuvo aquella mano que significaba su fin.

—¡Frená! Prefiero que no me mandes al hoyo ahora.

—Es una preferencia equivocada.

—Problema mío.

—Vos decidís, Suárez —el Negro le quitó el facón del pecho, le dio la espalda y se fue.

A Suárez el pecho le dolía: le faltaba el aire. Si se las ingeniaba para cortar el chorro...

El gemido de un perro rezongó en algún rincón. Suárez abrió los ojos: la luz entraba por una puerta.

Apoyó su mano en un banco. Una enorme olla hizo que reconociera el lugar: lo de la curandera. Salió del rancho, el sol se acababa de meter: se cerraba la noche. Un cuzco le gruñió al verlo, los otros dormían casi en los mismos cobijos en que se acurrucaron cuando los retó la vieja. Se acordó del menjunje. Su pingo seguía donde él lo había atado. Calculó que lo habían dormido. ¿Dónde estaría ahora aquella vieja?

—Qué carajo importa, me voy.

Pero sintió sed, mucha sed.

Se acercó al pozo de agua. Oyó una risotada fea, y lo supo: ¡no, otra vez los muertos!

Se detuvo. ¿Había sido otro sueño lo del Negro? Aunque... raro, no lograba recordar con claridad.

El balde debería estar abajo, no alcanzó a ver el fondo del pozo. Se sobresaltó al notar su camisa manchada de sangre: no había sido un sueño.

Se la desabrochó. Y sí: del lado del corazón, una enorme cicatriz. Otra carcajada lo atemorizó, cada vez más fuerte, cada vez más familiar.

La cicatriz comenzó a borrársele, también el recuerdo de lo sucedido.

¡No, salgan de acá! ¡No! Buscó algo a que aferrarse. ¡Junto al rancho, desaparecía también su caballo! Le nació un dolor, una fiebre. Frente a él se formó la figura de un hombre que no relacionaba. Aquel hombre se reía, se le reía.

La vista se le nubló y se sintió caer, y aquella figura humana caía con él. Las facciones se movían hasta que lo reconoció: ¡era Sosa! Y el maldito no paraba de burlarse. La cara cambió, y fue otro y volvió a cambiar a cada uno de los malevos que Suárez había matado. Y caían con él en medio de aquella nada.

—¡Nooo!

Las caras dejaron de transformarse, se quedaron en una: su propia cara, que dejó de reír. Supo entonces que su muerte era inevitable. Y peor aún: áquel era el umbral del infierno. Sus muertos se habían ido, no su culpa. No había

estado dispuesto a perder su vida para salvar su alma. Así lo había preferido en alguna parte, ante alguna persona que ya no lograba recordar. Dos ojos inmundos lo fulminaron apresándolo en aquella nada.

Y desde entonces, sumido en la eterna profundidad de aquel pozo, Jacinto Suárez intenta —sin lograrlo— aniquilar la vida que alguna vez le fue regalada.

EL QUE CONSERVA
LA SANGRE

I

No sé quién es mi Tata.

—¿Nada le aportaría si lo conociera, m'hijo?
—suele retarme mi madre, y con ella existen otros
que la apuntalan. ¿Pero qué se le va a hacer? Yo
entiendo que sí: rastrear las propias raíces nos
determina el rumbo. Tal vez yerre, y sucede que
uno se forja un destino sin que le importe el origen. Quizá. Sólo puedo asegurar que me inquie-
ta... mejor dicho: me aflige desconocer uno de
los motivos que me trajeron a pisar esta tierra.

Al parecer, con el Tata verdadero nos vimos la cara sólo una vez, que no recuerdo. Fue lo único que me contó mi madre sobre la cuestión, y luego de mucho insistir. No dijo más. Nunca la comprendí en eso de no largar prenda en asunto tan delicado. ¿A qué venía tanto secreto? Un buen día dejé de reclamarle. ¿Pa' qué joderla tanto? Decidí buscar por mi cuenta los lugares que llenaran aquellos silencios.

Por supuesto que en el pago se me señalaba como "el guacho". Los rumores sobre mi origen abundaban sin que ninguno se impusiera. En muchos se nombraban los fortines: unos el Independencia, de Tandil; otros el de Azul. Incluso uno refería que mi padre era un indio de los Catriel, tribu establecida a la vera de un arroyo cerca del viejo cantón del Tapalquén. Pero todos me marcaban el mismo rumbo: la frontera.

Juzgué conveniente empezar por lo más probable: el Azul. Mucha gringada se asentaba en aquel poblao, también gauchos viejos que ya no servían para el servicio. Alguno me podría ayudar. Tardé nada en preparar el pingo, despedirme del rancho, la vieja y encaré pal' fondo de la pampa. Azul apareció una tardecita, y de a poco me enteré de en dónde se juntaba la gente.

En un boliche se me acercó un tal Zenteno: un viejo más bien averiado pero con pinta de saber, que se ofertó de ayuda para mi búsqueda.

—La indiada —me dijo—, no acecha hoy como hace años, pero la pampa aún es salvaje, peligrosa. Si se descuida uno, no faltan los encuentros con gauchos alzaos o con algún que otro indio ladino. Le sacan lo poco que se lleva, y de paso la vida.

La verdad que tenía razón el Zenteno: cerca de la frontera, además de los indios, no faltaban los tigres y los liones dispuestos para una panzada, cebados con carne de cristiano a costa de los desprevenidos. No, aquél no era un lugar para andarse perdiendo. De paso, el viejo podría presentarme algún conocido o aportarme algún dato interesante.

Tarde salimos hacia el Tapalquén. Zenteno dijo conocer un comandante que hacía rato andaba en la zona. Cuando la oscuridad ya nos tapaba en medio del campo, se me ocurrió preguntarle al viejo dónde haríamos noche.

—Allá —me contestó como si ya lo tuviera pensado—: en el Gualichu, en el salto de Paiva.

Me sorprendió que eligiera un lugar con fama semejante. Tantas historias se contaban del salto del Gualicho que hasta en mi pago se conocían. Decían que el mismo Mandinga andaba entreverado en el asunto.

En fin, con la cabeza asentí nomás: aquel viejo me había demostrado que sabía bien cómo guiarse en el pajonal. Además, las lluvias recientes habrían hecho crecer al arroyo. Mejor cruzarlo al amanecer.

Llegamos al salto cuando el sol se había escondido, el lucero se apuraba siguiéndole el rastro. Él preparó el fuego, y yo me fui al bajo a darle agua a los pingos. El ruido de la cascada me ponía inquieto: cualquiera podía aparecerse por la espalda sin que se lo oyera venir. Me di vuelta por si acaso: el viejo me contemplaba, con la vista como en otro lugar. Volví hasta el fogón, el frío empezaba a caer.

—Parece que la helada nos va a hacer temblar la pera —le dije como para hablar algo, poco me había conversado.

Apenas si me miró, andaba en sus pensamientos. Al rato insistí con otro tema:

—Bien sabrá usted, Zenteno, las historias que se cuentan del lugar que eligió para que hagamos noche.

Ahora sí me miró, aunque de nuevo dejó la contestación para otro momento.

—Dicen que en el paso de la cascada habita el gualicho. Cristiano que quiere vadear el arroyo por este salto, es cristiano muerto y desaparecido.

Como respuesta, Zenteno me pasó el mate. Lo agarré: ¡pucha que le gustaba caliente!

—Mire si nos pasa lo mismo, Zenteno —dije, y quise sonreír para silenciarle mi julepe—. Que ahora se nos aparezca Mandinga o algún espíritu mandado por él, con la excusa de pedirnos un cacho de aquella picana asada y… ¡púmbate! Nos lleve a nosotros pa' allá abajo a comernos como un avestruz.

El viejo seguía sin querer apalabrar el fogón, me pasaba el mate nomás.

—Andá apurando, m'hijo —me dijo al rato—, no ves que ya se ha pasao el cimarrón.

—Ya me andaba preguntando si usted no hablaría porque era pariente de la cigüeñas —le dije contento—, o porque se le había quemado la lengua con ese mate que ceba usted.

Zenteno rió, y su boca fue una arruga más.

—El mate caliente le cae mejor a la barriga —dijo, y señaló la carne asada—. Aquel alón ya se deja comer.

—Sírvase nomás si anda con ganas. Yo voy a esperar por si viene el Mandinga: no quiero que me agarre distraído.

El viejo me miró como retándome.

—¡Qué bolazos!

—¿Bolazos? ¿Qué me dice de Sosa, de Pardo, del entrerriano Garay? Ellos murieron en este mismo sitio. ¿Acaso son zonceras?

—No, las de esos no.

—¿Y el entrevero? ¿Ese entrevero famoso?

—Sí, el entrevero...

—¿Acaso encontraron los cuerpos? ¡No! Se los llevó el diablo, dicen.

Zenteno siguió mirándome como si fuera yo un gurisito. Se levantó y fue hasta la orilla, cerca de unas toscas.

—¡Vení! —me dijo por encima del ruido de la cascada.

Me acerqué a ver. Señaló una tosca que sobresalía del agua como el lomo de un toro.

—Acá —y se paró al lado de lo que parecía una osamenta—. Acá mismo empezó el entrevero, el de aquellos dos desdichados.

—¿Entonces existió el duelo? Capaz que fue leyenda.

—¿Leyenda? Ya te vas a enterar m'hijo. Existió, sí, existió. Dos varones acollarados en la suerte. A uno se lo tenía por gaucho como Dios manda. Y al otro le decían el Culebra: traicionero como puñalada de zurdo. Que además era zurdo, para peor. Pero las apariencias y las leyendas esconden algunas razones que oscurecen la verdad.

—¿Cómo sabe usted, Zenteno? ¿Conoció a alguno de los dos, acaso?

Zenteno me siguió mirando como a un gurí.

—Por supuesto que los conocí. Más a uno que a otro. Por caprichos del destino anduve tras sus rastros. Y por el destino aquel y sus antojos, aquí mismo fui testigo de lo ocurrido. Por eso te afirmo, m'hijo, que lo que cuentan de

Sosa, Pardo y los otros que desaparecieron en esta cascada, es mentira.

—Está probado, Zenteno. ¡Nunca naides los volvió a ver! ¡Ni sus restos, nada!

—Es cierto: desaparecieron, pero ya vas a ver cómo. —Hizo una pausa. —Recuerdo: el sol ya pasaba el mediodía cuando llegué a este mismo lugar veinte años atrás, el mismo donde estamos parados. El lugar del duelo.

Zenteno se agachó, tocó el barro y cerró los ojos. Así estuvo un instante. Y luego se acercó al agua, justo frente a la cascada. Quedó envuelto en la neblina. Sin mirar comenzó a moverse: tanteaba, se detenía, rastreaba. Donde no sintió las toscas, abrió los ojos.

—Aquí —dijo—, aquí encontré las primeras huellas. ¿Ves? —y señaló el islote parecido al lomo de un toro.

Como si bailara una chacarera, el viejo Zenteno imitaba los movimientos ejecutados por aquellos hombres en el entrevero:

—El primer lance lo dio, sin mucha suerte, el zurdo de pies descalzos. El otro lo esquivó cuerpeando y esperó bien afirmado con guardia derecha. Allá: las botas de potro del gaucho

clavadas, soportó los tres primeros ataques vis-
teando, y sin recibir cortes. El que se disparaba
de un lado a otro era el zurdo —había que verlo al viejo con sus saltitos—, buscaba moverlo
—dijo, y me señaló las estrellas—. ¿Ves donde
ahora están las tres Marías? El sol se ubicaba
justo ahí. El zurdo quería enceguecer al gaucho. Por ahí pisó con fuerza una, dos veces. El
zurdo esquivó un lance y le ganó la espalda,
y el gaucho se encandiló. Escondido entre la
luz le amagó primero probándole los reflejos,
lo tajeó —Zenteno se agachó mostrándome
una tosca—. ¿Ves? Todavía quedan marcas
de la sangre ya seca en la tosca —yo no veía
nada—. El zurdo cargó a matar, el gaucho lo
bloqueó apenas. Quedaron trabados en el encuentro, con los facones como atados, empu-
jando. El gaucho tenía más fuerza y lo llevaba
para el lado del agua, pero el zurdo le entreve-
ró una pata volteándolo. Rodaron apisonando
el barro. Se levantaron. Primero el zurdo, que
se le tiró encima al otro, la daga bien de punta. Seguro que, si el gaucho lo pensaba, no se
levantaba más. Le cruzó el brazo que llevaba

libre, y el doble filo de la daga lo traspasó hasta trabarse entre los huesos.

Zenteno vaciló, parecía apenado con el recuerdo.

—¿Y qué pasó entonces?

—El gaucho quedó listo para rematarlo —me contestó todavía abatido—: él no había caído con el embate, el zurdo sí. Y no sólo eso: el zurdo, con su daga clavada en el brazo del gaucho, quedó desarmado.

—¿Y no lo remató?

—El zurdo era inteligente, y los de ese tipo tienen siempre una baraja de más. Había planificado aquel momento desde hacía años.

—Cuénteme, Zenteno.

El viejo, más viejo que nunca, alzó la vista hasta chocarla con el pajonal que tapaba la base de una enorme tosca.

—Fue —dijo— en mis tiempos de rastreador... Los pingos iban ya bañados en sudor y demasiado cansados.

II

La noche se le venía encima a la milicada, y la pampa no brindaba refugio. Una partida de más de cuarenta jinetes detuvo su marcha a la orilla de un cañadón. Venían siguiendo un malón que días atrás había desvalijado una de las estancias de los Ramos Mejía. Los indios se habían alzado con una importante colección de piezas de plata y con la hija menor.

El viejo Zenteno se apeó y se agachó a observar el suelo.

—Pasaron hace cinco días —dijo en voz alta después de un rato—, van a trote parejo. No llevan cargueros, tampoco refrescos. Los caballos van bien comidos, livianos.

Aunque la noche anterior había llovido, el rastreador leía las marcas invisibles: encontraba huellas y señales que le permitían deducir lo sucedido hacía días, incluso semanas.

—Acá va el que lleva la plata, se nota clarito —le dijo al Capitán, le señaló unas pisadas—. ¿Y ve aquí? Es el lobuno clinudo del cacique —se movió unos cuantos pasos—. El cacique lleva a la chica enancada: marca más las huellas de las patas.

Todos escuchaban admirados cada afirmación, en el suelo solo veían pastos y barro.

El viejo trazó una línea con el dedo y señaló unas sierras. El Capitán, mezcla de gaucho recio y milico, bajó del caballo y se le acercó.

—Demasiada ventaja. ¿No le parece, Zenteno?

—Ansí lo creo, mi Capitán.

—Habrá que seguir igual, ya sabe que di mi palabra de no volver al Azul con las manos vacías.

El Capitán, el único entre los milicos de frontera que salía tras los malones adentrándose en sus territorios, había accedido a la súplica de Ramos Mejía: sólo regresarían si recuperaban la platería o a su hija. A varios, incluido Ramos Mejía, aquella promesa les parecía absurda por riesgosa y difícil. Pero el Capitán era un gaucho de palabra, y no la arriesgaba al ñudo. En el tiempo que llevaba en el Ejército, las dos veces que había salido a cazar malones los había rastreado, emboscado y derrotado a campo abierto. Demostró, cada vez, un inmenso coraje para el entrevero y dominio absoluto del facón. Sus hombres lo admiraban y le devolvían la profunda confianza que él les tenía. Por supuesto que la baquía del rastreador aquel facilitaba las cosas. Imposible que se le escapase alguno, por más maña que intentara.

—Mejor que hagamos noche cerca de la sierra —le dijo el Capitán a Zenteno—, para ahorrar sorpresas.

El viejo asintió.

—Si usted quiere, Capitán, me doy una vuelta pa' ver si se ve algún rastro peligroso.

—Se agradece, Zenteno, pero prefiero aprovechar el cañadón mientras haya luz. —Alzó la voz para dar una orden—: ¡A ver, Farías! Váyase hasta el pie de aquella sierra y búsquese algún refugio para hacer noche.

El tal Farías obedeció, y con él se fueron otros siete milicos.

—¡Los demás vayan desmontando —gritó el Capitán— y denle agua a la caballada, que en un rato movemos!

Pasaron un par de horas, la noche oscurecía poco a poco el campo. La partida de Farías no había vuelto. Algunas rondas de mate se armaron en torno a otros tantos fogones. El Capitán amargueaba en silencio oteando los manchones blancos de la sierra, sin advertir movimientos.

—Vamos a ir moviendo, che —le dijo al que cebaba, y se fue a acomodar su caballo.

En un ratito ya iban en fila hacia el pie de la sierra.

En eso se oye un galope. Enseguida se alcanza a ver un jinete que casi los atropella.

—¡Capitán! —gritó nervioso el recién llegado sujetando su caballo—. ¡Capitán!

—¿Qué pasa, Farías?

Farías respiró varias veces antes de contestar.

—¡El Culebra, Capitán! Dimos con él durmiendo en una cueva. Lo quisimos sacar, pero empezó a matarnos de a uno.

—¿Paiva? —volvió a preguntar el Capitán, y su voz se tensó—. ¿Está seguro, Farías? ¿Cómo es que los mató a todos?

—A todos no, Capitán, quedamos cuatro. Los dejé vigilando la entrada, con orden de disparar en cuanto asome la cabeza.

—¡Pero se va a escapar, Farías!

—No, Capitán, no puede salir: antes de venir me aseguré de que no hubiera otro escape. Es la única salida que tiene la cueva —Farías tomó aire una vez más—. Adentro..., adentro de la cueva hay mucha platería, capitán. Si no me equivoco, es la de Ramos Mejía.

Llegaron a la cueva con las últimas luces. Sobre la ladera de la sierra, un par de piedras grandotas y amontonadas disimulaban una abertura más bien chicona.

Los soldados, escondidos detrás de las rocas, parecieron aliviarse con la llegada de la partida.

El Capitán dejó su caballo y se acercó a los vigilantes.

—Todavía está dentro —advirtió un centinela—. No vaya a entrar, Capitán: es el Culebra, y anda armado.

—¿Dijo algo?

—Nada. Adentro se escuchan algunos ruidos de tanto en tanto, pero nada más.

El Capitán se acercó hasta la entrada. Farías lo acompañó.

—¿Y los muertos, Farías?

—Quedaron dentro, Capitán. Con la huida no hicimos tiempo a sacarlos.

—¿Cómo está tan seguro de que se trata de Paiva?

Farías abrió grande sus ojos.

—Alcancé a verle la jeta, Capitán, yo le conozco bien la cara. Ahí empiezo a los gritos para que saliéramos, pero él ya degollaba al segundo. Gritaba "¡Vengan de a uno o todos juntos!" y echaba carcajadas.

Tales espamentos no agitaban la calma del Capitán, que miraba una y otra vez hacia la cueva. Hasta se diría que tenía ganas de entrar.

—¡Capitán, no dentre, por favor! —dijo Farías, y por si acaso le apostó una mano en el pecho—. El Culebra es muy matrero, de seguro que algo se trae...

—No se preocupe —dijo el Capitán—. Vamos a armar guardias frente a la entrada, y sea Paiva o quien sea, lo obligaremos a salir o cagarse de hambre.

El Capitán quedó de centinela junto con un par de milicos, los demás se fueron a dormir.

La mañana siguiente apareció con el lucero. Algunos guardias cabeceaban. De adentro de la cueva se oyó un ruido. El Capitán, de vigía durante la noche, se acercó: algo había rodado desde adentro, quizás una tosca. Cuando estuvo al lado se agachó y descubrió el espanto: una cabeza. ¡Aquel asesino estaría comiéndose los cadáveres!

Pasaron la mañana y la tarde y el día siguiente. Dos cabezas más aterrorizaron a la milicada.

Zenteno ya le había informado al capitán que Paiva se encontraba solo y con la platería. El rastro le aseguraba que la chica había seguido con el malón. Que, a casi una legua de distancia, Paiva se había apartado hasta llegar a la cueva y ahí largó el caballo. No había salido sino unas pocas veces, por lo que Zenteno calculó que tendría agua dentro de la guarida.

Al tercer día llegaron noticias de la hija del hacendado: la encontraron no lejos de allí. Otro descubrimiento de Zenteno. La muchacha había saltado en pleno galope con la desgracia de que las patas del caballo le golpearon la cabeza. Cayó muerta, y los indios, conociendo que los seguían, la abandonaron.

La guardia seguía sitiando la cueva sin muchas noticias, hasta que de repente Paiva salió caminando, mansito, engrasado pero sin signos de debilitamiento. Las manos arriba, desnudo como una culebra, la sangre le pintaba la boca y el cuerpo.

—Acá me tienen —dijo riéndose ante la docena de Remington que lo apuntaban—. Ni un talero llevo encima.

Los milicos quedaron tiesos. Y en eso llegó el Capitán, se le paró enfrente. En la cara de Paiva se advirtió un sobresalto, podría decirse que de susto.

—Mirá vos —dijo, y disimuló la sorpresa volviendo insolente su gesto—. El mesmo Ireneo Suárez en persona. ¿Quién diría que nos encontraríamos así, de pura suerte?

Un susurro se armó entre los milicos: el que había sido durante tanto tiempo *su* capitán, era nada menos que Ireneo Suárez.

Paiva y Suárez... ¿Quién no conocía aquellos nombres, si ya eran un mito? Paiva. El matrero, asesino, sanguinario, ladrón, y unas cuantas cosas más. Tanto se hablaba de él, y tan poco se le conocía la cara. Se ocultaba en las tolderías, y se creía que llevaba negocios con unos indios alzados. Paiva era muy ligero para el cuchillo, con fama de no haber perdido nunca un entrevero. La justicia lo buscaba sin muchas ganas. Esperaba, más bien, que lo matasen por ahí. Aunque claro, ¿quién se le atrevería? Sólo uno, se comentaba que sólo uno lo buscaba para terminarle el prontuario: Suárez, el gaucho Suárez y su facón de plata con gavilán en S. De Ireneo Suárez se sabía poco: que su enemistad con Paiva habría comenzado por una hembra, su reputación de gaucho noble, y una leyenda que tenía que ver con su facón. Antes de que se convirtiera en mito, alguien —nadie sabe quién— le entregó a Suárez un cuchillo misterioso. Por su coraje y habilidad había sido elegido para una misión: ajusticiar a los matreros, aquellos hijos de Mandinga que van por la vida derramando sangre inocente porque sí. Los que lo habían visto pelear contra los malevos de la peor laya, aseguraban que, cuando llegaba el momento del remate, el facón parecía cobrar vida: con un solo movimiento que la vista no alcanzaba a seguir, se incrustaba en el corazón hasta la S. Aquellos lances cerraban sin yerros los encuentros de Suárez. La leyenda también afirmaba que el último entrevero en que Suárez empuñaría el facón, sería contra Paiva. Allí se resolverían las injusticias. Después el facón cambiaría de dueño.

Se cuenta que en un principio eran parientes. Que Paiva le había robado la mujer para después matarla por diversión. Hacía rato que Suárez lo andaba buscando. Pero el malevo contaba con influencias, personajes de su mesma laya que le daban una mano para escurrírsele a la diestra de Suárez y su facón. Así fue que un buen día el gaucho desapareció, nadie lo volvió a ver. Y el entrevero que los enfrentaría se hizo leyenda.

Y ahora se habían encontrado.

Se miraban con recelo.

—A mí no me trajo la suerte —dijo el Capitán, que ahora siendo Suárez cobraba un aura de mayor nobleza—. Nunca dejé de rastrearte. Vos lo sabés, Paiva: tenemos un asunto pendiente.

El otro parecía guardar un julepe regular bajo su desfachatez.

—*Vos* tenés el asunto pendiente. Yo no te debo nada, y calculo que el tiempo que ha pasao te lo dejó clarito. —Paiva sonrío como una víbora. Y agregó, con desprecio—: Milico…

—No sé si me quedó tan claro, es un asunto que debo despejarlo con vos. Y lo de milico... Sí, es raro: debí alistarme otra vez pa' que ninguno de tus alcahuetes te advierta de mi presencia.

—Que al pedo me buscaste, Suárez —Paiva sacudió la cabeza—. Mirá que ligaste en la vida, y... nada. Abandonás todo por creerte las mentiras de un chambón. Ella se embaló conmigo —largó una carcajada—, se ve que prefirió mi trato. Pero bueno, ya ha pasado demasiado tiempo. Dejame tranquilo ahora. Adentro tenés la platería, llevátela.

La furia no se le disimulaba ni un poco a Suárez.

—Seguro —dijo jodiendo—, andá nomás. Lo único que, antes, agarrátelas conmigo que...

—¿Con vos? —Paiva cambió el gesto en la cara—. Si sos una mentira, Suárez. ¡Puro cuento sos! Como lo que oí de tu facón. ¿Les dijiste alguna vez de que es falso? —miró a los soldados—. Confesales, Suárez, la mentira de ese facón.

Suárez calló. Un murmullo se armó entre la milicada. Paiva pareció agrandarse.

—Quizás —dijo Suárez—, a lo mejor lo del facón no sea cierto...

El aire se enturbio de cuchicheos.

—... pero es bien cierto que nunca me ha fallado. —Y Suárez le dijo a alguno de los milicos, señalándolo a Paiva—: ¡A ver si alguien le tira un filo al carancho este!

Una daga caronera aterrizó a los pies de Paiva, que enseguida la recogió:

—Te la creíste, Suárez —dijo sorprendido—, como también te creíste aquello que te dijeron de tu hembra. Yo nunca...

Suárez lo interrumpió:

—¿Y me vas a pelear, o vas a seguir a las vueltas?

—A ver si sos tan guapo para el fierro como dicen.

—Ahora sí que te voy a callar la boca.

No llegaron a acomodarse siquiera, que un rugido desarmó la tensión. Las ganas quedaron postergadas. El ruido había venido del lado de la cueva.

—¿Un lión? —dijo uno.

La cabeza de un puma se asomó por la entrada. El bicho se detuvo y miró primero a Paiva, después a Suárez. Nadie entendía. Paiva lo silbó. Los demás despertaron: entraron a tirarle al animal, que se escapó metiéndose de vuelta a la cueva.

—¡Paren, paren, abombados! —Paiva se les fue encima—. No va a hacer nada. Está amansado, carajo.

—¡Dejate de joder y peleá! —le gritó Suárez entre incrédulo y desconfiado.

—¡Dejalo al bicho, carajo! —Paiva hablaba en serio, y quizá para dar muestras, soltó la daga—. Enseguida arreglamos lo nuestro, pero dejalo salir. Que se vaya.

—¿Así que amansás liones también? —Suárez guardó el facón—. Quiero verlo.

—¿Acaso, Suárez, no me viste someter baguales bien malos?

—Eso te lo admito, pero con las fieras es distinto.

—Para vos, será. Es igual pa' cualquier bicho, si hasta al tigre lo hago entregarse.

—Ver pa' creer, dicen.

—No cambiaste nada —dijo Paiva. Algo en el decir o en la cara de aquel ladino sugería alguna malicia inminente. Miró a la cueva y dio un silbido largo.

Enseguida se oyó otro rugido. Paiva insistió. Ahí nomás apareció el bicho, olfateando con la mirada, sin exponerse. Paiva le volvió a chiflar, ahora cortito, y el animal se le acercó como si fuera un perro.

—Un cacho de carne —pidió el ahora domador.

Ahí nomás alguien volvió con las sobras de un costillar.

Paiva lo agarró, y mientras acariciaba al animal le dio un pedazo.

—Bueno, ahí va una prueba. ¿Un sombrero?

Uno cayó a su lado. Paiva lo hizo volar bien alto. Ligerísimo, el puma lo siguió con la vista manoteándolo en el aire. Después lo cachó entre los dientes y se lo devolvió a Paiva. El matrero sonrió y lo premió con otro pedazo. Parecía orgulloso de aquella amistad. Justo él, al que sólo se le conocía apego a la traición y a sus hermanas: la perversidad y la trampa. Los presentes observaban con admiración: aquel bicho haría lo que Paiva le ordenase.

El Capitán interrumpió la escena:

—Muy lindo, Paiva, ahora sigamos lo que dejamos.

Al puma no le cayó en gracia el Capitán: se le plantó enfrente, agazapó las orejas y le mostró los colmillos. El Capitán no mezquinó, y por las dudas sacó el facón al tiempo que se enrollaba el poncho en la zurda.

—¡Rajalo, Paiva, que te lo voy a dejar pal' asador, carajo!

Paiva lo chifló, el puma siguió meta rugir. Al Capitán no lo ganó la intranquilidad, ni aun cuando la fiera le saltó encima. Uno de los milicos le metió un tiro al bicho, le partió la frente.

Cuando pasó la confusión, ya era tarde: Paiva ganaba la monta de un caballo.

Otros quisieron perseguirlo. El Capitán, Suárez, los detuvo:

—¡Déjenlo! El asunto es conmigo. Quiero que entren en la cueva y busquen lo que el maula ajenió. A Ramos Mejía no puedo llevarle a su hija, pero la platería está dentro —buscó entre las caras de los milicos—. Farías, a usted le dejo el encargo: me junta lo que encuentre y se lo lleva pa' Azul.

El soldado tardó en contestar, acaso consciente de que no sería testigo de un entrevero de leyenda.

—Sí, Capitán.

Suárez guardó su facón, pero no parecía resignado. Fue a buscar caballo, se acercó a Zenteno.

—Le voy a pedir un favor, Zenteno.

El viejo asintió, ya sabiendo. Sólo escuchó el final.

—Cuando tengamos el rastro seguro, Zenteno, usted se vuelve a Azul con los demás. Esto es un asunto entre Paiva y yo.

Le fue fácil al viejo encontrar el rastro de Paiva, les llevaría un ratito de ventaja nomás. Aunque algo raro olfateaba: el rastro que dejaba era demasiado evidente, por más laguna que el muy taimado había cruzado para confundirlos. Las marcas apuntaban un rumbo fijo. Una vez que empezaron a acortarle distancia, Suárez también se avivó. Se detuvieron y dijo:

—Vamos a respetar lo acordado, Zenteno. Usted y yo sabemos que Paiva ya habrá llegado al arroyo. Entiende que lo seguimos, y por alguna razón le conviene que nos encontremos allá en el salto. Le encaja con sus mañas, que aquel mal nacido las tiene a montones.

Era cierto: el arroyo le cortaba la huida, y el paso lo tenía lejos. Las toscas y el pajonal que había cerca de la cascada jugaban a favor de una posible trampa.

—Como usted diga, don —Zenteno le tendió la mano—. Suerte.

El gaucho se la estrechó, agradeció con la mirada y se fue nomás a disputarse la vida.

Zenteno se quedó parado hasta que lo perdió de vista. Por primera y única vez, se preguntó si debía intervenir los rumbos de aquellos dos, cambiar sus destinos. Comprendía el final que se acercaba: en sus rastros había visto las marcas.

III

AGREGUÉ OTRA RAMA seca, que chispeó en el fogón zarandeando el fresco de la noche. La luna, justo arriba de nosotros, entristecía el relato del viejo. Aprovechando otro de sus silencios le pregunté:

—Hace un rato usted me dijo, don Zenteno, que Paiva tenía una baraja escondida y que por eso había zafado...

—No fue casualidad, no, que Paiva eligiera este lugar. No, señor: sabía que acá el duelo lo ganaba. Una tigra, m'hijo! —lo dijo casi retándome—. Esa fue la baraja que escondía.

—¿Una tigra? —dije en mi asombro: me había quedado enredado en la bronca de sus palabras.

El viejo resopló.

—Al final, Paiva... El tiempo me mostró que me había equivocado con él, también con Suárez. A veces al rastreador interpreta mal la pisada y enreda el rastro entero. Le ocurre al baqueano más mentado, y a mí me ocurrió con la historia que te cuento. Lo supe cuando lo dejé ir solo a Suárez, recién ahí entendí que no debía intervenir. Aquella mujer, la de Suárez, durante su ausencia se había enamorado de Paiva. Suele ocurrir.

El viejo Zenteno calló, acaso para matar el rencor. Después de una pausa señaló hacia el otro lado de la cascada, detrás del pajonal, delante de una enorme tosca.

—Allí tenía la cueva la tigra —dijo—. Se ve que Paiva la silbó, o algo así, y el animal se vino agachadito, pegó un salto y lo cachó a Suárez

por la espalda y lo hizo caer. De aquella manera el gaucho quedó privado de rematar a Paiva, como hubiera correspondido. Rodó Suárez con la tigra prendida, ya las garras abriendo surcos en la carne. Se las arregló para clavarle el facón y se lo hundió hasta la S. La fiera rugió y soltó. El gaucho se levantó aunque apenas.

IV

—SABÉS QUE TENÍAS razón, Paiva —gritó Suárez—, fue culpa mía.

Enfrente la enorme tigra le mostraba sus colmillos encendidos. Suárez avanzó con lo que le quedaba: facón y coraje. La fiera, aunque enfurecida por el dolor, retrancó. La cola tocó el alto paredón de tierra hecho en alguna crecida del arroyo, y el bicho saltó para el costado. El gaucho arremetió una vez más. La tigra fue más rápida y le apresó la pierna. Se trenzaron, y Suárez dio el resto. Las sangres se mezclaron en el suelo. Cebada ya, la gata mordió la pierna, incluso el hueso. Las fuerzas dejaron el cuerpo de Suárez. Sin vida, quieto, el facón cayó de su mano: el sol resplandeció en la plata ensangrentada.

—Este entuerto fue culpa mía —dijo agonizante—. No me quiero morir sin que lo sepas.

Paiva no se animaba a molestar la furia de la tigra, aunque los gritos de Suárez lo sacudieron. Y Zenteno salió de entre las pajas para emparejar los tantos. Los gritos de los teros lo alcahuetearon. Paiva miró para su lado:

—¡Quédese ahí, Zenteno! Este asunto no le incumbe.

Paiva se arrimó a socorrer a Suárez, y recién ahí Zenteno obedeció.

La daga de Paiva seguía clavada en el brazo de Suárez. En un intento por recuperarla empujó a la tigra. La loca andaba enceguecida por el dolor y cebada con sangre humana. Le tiró a Paiva un manotazo como avisando, y aquél infeliz se quiso imponer:

—¡Dejaaá, mieeerda!

Y el animal suelta a Suárez, le salta encima a Paiva y se le prende al cogote.

—¡Aaarghhh!

Entonces sí salió el viejo.

Cuando Zenteno llegó, a prudente distancia le pegó dos chicotazos. Uno alcanzó a dárselo en un ojo. Y al parecer, abombada con tanta gente, la bestia eligió escaparse a su cueva. El rastreador se acercó a Suárez, que enseguida lo detuvo:

—A él, Zenteno, vaya con él.

El cuello de Paiva se interrumpía por una herida mortal. El hombre daba los últimos respiros.

Zenteno no supo decirle palabra.

Él sí. Desde el piso, mirándolo a Suárez, hizo un enorme esfuerzo para decir:

—¡Jueputa! ¿Qué mierda hiciste? Yo nunca te fallé... —respiró bien hondo—. Vos no me podés responder lo mismo. Me hiciste tirar la vida al tacho.

—Ya sé —contestó Suárez—. ¿Que querés? Ponete en mi lugar: después del fortín de mierda, volví al rancho. Vi al gurí dando vueltas por las casas. La vi a ella, a vos, me di cuenta de cómo te miraba. Después las habladurías me cegaron, ¿qué querés? ¡Perdoname, gaucho! No nos muramos como dos perros.

Paiva lo miraba fijo, Zenteno imaginó que tratando de comprender.

Al final tomó aire, largó la bronca que le pudiera quedar:

—¡Qué' ijo de puta!, hijo e' puta, la puta...

Quizá porque no le quedaba aire para seguir descargándose, se tranquilizó.

—Yo no sé —Suárez aprovechó el silencio—. No sé, gaucho, quién la mereció a ella. Yo la quería también, ¿sabés?

Paiva habló bajo, acaso Suárez no alcanzó a oír. Algo dijo en relación de la mujer, también del hijo.

Después gritó:

—Cuánta vida al pedo... —se moría, las palabras le salían en espasmos—. ¡Los merecimientos se van a la mierda! Y nosotros al hoyo, se termina —Paiva rió y miró a Suárez como a un amigo—. Dale nomás, gaucho. Si te sirve mi perdón, agarralo. Aunque sea te gané nuestro entrevero, este sí que lo merecía.

Miró un ratito más haciendo mueca de sonreír o quizá de llorar.

Y se murió.

V

—ME ACERQUÉ A Suárez —dijo Zenteno—. Por si acaso, vigilé a la tigra: nada. Se escuchaba algún que otro rugido que venía de la cueva. Pensar que desde aquel día la tigra se cargó a cualquiera que rondara la zona, cebada con las sangres de Paiva y Suárez. Y se hizo la leyenda y los cuentos, pero nadie supo de la tigra. Nadie vivió para contarla.

—Menos usted —le dije.

—Menos yo.

—¿Y que fue de la tigra, don Zenteno?

—La última vez que la vi andaba vieja y flaca. Y hará cosa de un año encontré su osamenta por allá.

—Que lo tiró con la tigra… ¿y Suárez?

—Suárez vivió sólo un ratito más que Paiva. Ahí confirmé lo visto en el rastro, los porqués de aquella enemistad. Suárez me detalló lo que faltaba: se habían criado juntos con Paiva. Cuando se hicieron mozos, en una rastrilladas por los boliches, a Suárez lo comisionaron a la milicada. Y tanto parece que el mozo andaba casoreado con una mujer, y que por supuesto tuvo que abandonar por un buen rato. Durante la ausencia de Suárez, Paiva —que zafó de los fortines— le espantaba los zánganos, y en especial a un tal Barrientos: un mal bicho que buscaba conquistarse los favores de la moza. Además Paiva se hizo cargo de que a la mujer nada le faltase. Se atrajeron y terminaron por enamorarse.

»Cuando Suárez vuelve al pago, encuentra a su mujer con un hijo, tendría unos cincos años. Las cuentas daban, pero la sospecha lo cundió. Ahí vuelve a tallar Barrientos llenándole la cabeza a Suárez con historias de lo más exageradas. Tanto lo cegó que lo encaró a Paiva sin pedirle explicaciones. ¿Pero qué explicaciones le iba a dar? Se agarraron con los cuchillos, la mujer queriendo separarlos. Por suerte o desgracia, llegó una partida y los metió presos. Suárez salió enseguida: el juez de paz creyó su cuento. A Paiva lo mandaron preso, no sé a qué fortín de mala muerte. Y lo terminaron de hundir en la injusticia, lejos de aquella mujer que quería tanto, aquella mujer que había respetado por una amistad. La misma amistad traicionada por el despecho de un cualquiera.

De situaciones así, pocos son los que salen derechos: y Paiva se hizo malevo».

—Y el primero en su lista de asesinatos —dije— fue ese Barrientos.

—Pero también Suárez sufrió castigo. Se abandonó con el único motivo de vengarse de Paiva. Convencido de que no le pertenecían, dejó a la mujer y al gurisito. Y así los dos dedicaron su vida a encontrarse, forjando la leyenda.

»Suárez me lo contó acá mismo, cuando moría. Dijo que en el último momento, cuando ya nada podría cambiar, cuando los dos se la habían jugado, recién ahí se había dado cuenta de cómo había malgastado la vida en búsqueda de una venganza que nunca existió. Sólo le quedaba rogarle un perdón a Paiva, y así morir en paz.

»"La vida me empujó una pregunta", me dijo Suárez. "Y yo le arriesgué todo con la respuesta equivocada. Y pensar que muchos me admiraban, ¡qué engaño! Viví una vida prestada, no la mía. Nunca encontré mi destino, Zenteno. O tal vez no quise, o no pude".

»"Ahora sí lo encontraste", le dije. Suárez miró el cuerpo muerto de Paiva y se quedó pensando. "Sí", contestó. "Aunque hay una pregunta, una sola, que me queda sin responder". Resopló, acaso añorando. "Aquella mirada del gurisito... ¿Qué importa ahora? De esta vida me iré en paz". Y agregó, ya casi sin voz alcanzándome el facón: "Tome, Zenteno. Lo conchabo con un último encargo. Alguien tendrá que enterarse, ayúdelo a descubrir su rastro"».

VI

La jeta de Zenteno, cargada de años, se iluminó con el fuego. Allá lejos cantó una lechucita.

Yo tenía más preguntas:

—¿Y por qué nunca contó lo que había pasado?

El viejo no contestó. El frío de la noche se hacía sentir. Zenteno agarró una rama prendida, se levantó y me ordenó que lo siguiera.

—Vení, m'hijo. Hoy se completan mis días de rastreador. Mañana me tocará descansar.

Caminamos un poco hasta alejarnos de la orilla. Con la astilla prendida, el viejo iluminó una cruz de madera.

—Acá le di cristiana sepultura a Suárez —dijo como en un rezo—. Un gaucho como tantos otros.

Arrebatado tal vez por la noche o las estrellas, o quizá por tanta leyenda y personaje, me quedé admirando la cruz de palos clavada en un montoncito de tierra entre los pastos. De seguro que el gaucho aquel nos andaría espiando desde arriba. Sumido en aquello me andaba, cuando algo resplandeció bajo mis ojos.

—Tomá, m'hijo —me dijo el viejo estirando su mano—. Antes de morir, tu Tata me pidió que te lo entregara.

El viejo se alejó sin querer interrumpir.

Y todavía con el pensamiento embarullado, apreté en mis manos aquel facón de plata. El mismo que aún conservaba —manchando su gavilán en S—, la sangre del entrevero.

Índice

Cangrejales   7

Tranqueando al abismo   43

El que conserva la sangre   71

www.ingramcontent.com/pod-product-compliance
Lightning Source LLC
Chambersburg PA
CBHW031842170626
46807CB00004B/1582